Questo libro appartiene a:

C'era una volta,
in un piccolo paesello,

un cucciolo di nome Barney,
tutto giallo e poco snello.

Ma a volte la rabbia gli
faceva dire "Oh Perbacco!

Quando Barney si arrabbiava, la coda smetteva di scodinzolare, Saltava sulle zampe e iniziava a ringhiare.

La sua rabbia era forte
e cresceva ogni giorno di più,
Barney doveva trovare un
modo per farla andare giù.

Un giorno, al parco, Barney
incontrò un saggio gufo:
"Per gestire la tua rabbia,
dovrai essere paziente come un
cane da tartufo.

Ti mostrerò la via,
Così potrai essere felice e in pace
ovunque tu sia".

"Respira profondamente, conta fino a quattro," disse il gufo saggio,
"Inspira la calma, lascia andare quell'arruffio e guarda il paesaggio.

Quando senti la rabbia,
prendi una piccola pausa,
Chiudi gli occhi e pensa a cose belle
senza sbuffo e senza causa."

Barney ascoltava attentamente e seguiva il gufo saggio, Respirava profondo, guardando l'azzurro del cielo selvaggio.

Imparò ad esprimere i suoi
sentimenti con parole chiare,
Invece di ringhiare ed essere
pungente come le zanzare.

Quando Barney si sentiva arrabbiato,
faceva una breve camminata,
Respirava aria fresca e aveva tempo
per una chiacchierata.

Condivideva i suoi sentimenti con un
amico o più,
E presto la rabbia se ne andava via,
in un attimo o poco più.

Scoprì che disegnare o scrivere su
un foglio gli faceva bene,
Lasciava uscire la rabbia,
e in un attimo le giornate tornavan
serene.

Disegnava, scarabocchiava,
lasciava uscire i suoi
sentimenti,
E presto, un sorriso
sostituiva i suoi tormenti.

Barney imparò ad essere paziente,
a fermarsi e riflettere,
A far sì che gentilezza ed empatia
si potessero connettere.

Ora Barney è un cucciolo giocoso,
Con la coda che scodinzola e un cuore gioioso.

Sa che la rabbia
non lo deve comandare,
può gestire le sue emozioni,
star tranquillo e non ringhiare.

Quindi cari amici,
quando la rabbia viene a trovarvi,
Ricordate la storia di Barney.

Fate un respiro profondo e parlate con chi vi è vicino,
alla fine scoprirete che la rabbia lascerà il posto alla felicità nel vostro cuoricino.

LEGGI CON

FAIRY DUST AND TALES

- Divertiti Leggendo-

SEGUIMI ON YOUTUBE

SCAN ME

Printed in Great Britain
by Amazon

27015961R00016